For Anna, who always laughs at my jokes.
Well, usually.
L.C.

To my young grandma, with love.
J.N.

Text copyright © 1993 Lindsay Camp
Illustrations copyright © 1993 Jill Newton
Dual language text copyright © 2008 Mantra Lingua
Audio copyright © 2008 Mantra Lingua
This edition 2013

Mantra Lingua
Global House
303 Ballards Lane, London N12 8NP
www.mantralingua.com
www.talkingpen.co.uk

Lépést tartani Csiitával

Keeping Up With Cheetah

Written by Lindsay Camp
Illustrated by Jill Newton

Hungarian translation by
Klára Joslin

MANTRA
LINGUA

Csiita, a gepárd és Viziló nagyon szeretett viccceket mesélni. Pontosabban csak Csiita mesélte a vicceket. Viziló pedig meghallgatta aztán hatalmasakat nevetett – azzal a mély, öblös kacagásával, amely betöltötte a levegőt. A viccek nem mindig voltak humorosak, de Vizilónak így is mindegyik tetszett. Éppen ezért voltak olyan jó barátok.

Cheetah and Hippopotamus loved telling jokes. Actually, Cheetah told the jokes. Hippopotamus just listened and laughed – a deep, bellowy laugh. The jokes weren't very funny, but Hippopotamus thought they were. And that's why they were such good friends.

Egy dolog azonban mindig bosszantotta a gepárdot – Viziló nem tudott gyorsan futni.

But one thing about Hippopotamus annoyed Cheetah – Hippopotamus couldn't run very fast.

„Gyerünk, Viziló!" – kiabálta Csiita türelmetlenül. „Ha lemaradsz,
nem tudom elmondani a legújabb viccemet."

"Come on Hippopotamus," Cheetah would
shout impatiently. "If you can't keep up
with me, you won't hear my new joke."

De ez sem használt. Viziló nem tudott lépést tartani a sebes gepárddal.
Így Csiita inkább Struccal kötött barátságot. Vizilónak könnybe lábadt a szeme.
De úgy döntött, hogy a sírásnál többet ér, ha edzeni kezd. Futott amíg a lába bírta.
Csak akkor pihent le amikor már teljesen kifulladt.

But it was no good. Hippopotamus couldn't run as fast
as Cheetah. So Cheetah made friends with Ostrich instead.
Hippopotamus felt like crying. But, instead, he practised
running until he was so out of breath that he had to lie down.

De tudta, hogy még így sem
tud lépést tartani Csiitával.

And he knew he still couldn't
keep up with Cheetah.

Struccnak viszont sikerült – legalábbis majdnem.
Csiita nagyon örült, hogy ilyen remek barátja van.
„Szeretnéd hallani az új viccemet, Strucc?" – kérdezte a gepárd.

Ostrich could – very nearly, anyway. Cheetah thought how
clever he was to have made such a good new friend.
"Would you like to hear my new joke, Ostrich?" he asked.

„Köszönöm, nem." – mondta Strucc.
„Nem szeretem a vicceket. Inkább
fussunk még tovább."

"No thank you," said Ostrich. "I don't
like jokes. Let's run some more."

Csiitának mára elege volt a futásból. Vicceket akart mesélni. Így Csiita inkább Zsiráffal kötött barátságot. Viziló ezt látva, még keményebben elhatározta, hogy olyan gyors futó lesz belőle mint Csiita.

Cheetah had run enough for one day. He wanted to tell jokes. So he made friends with Giraffe instead. Now Hippopotamus was even more determined to run as fast as Cheetah.

Elbújt és onnan kémlelte, hogy Zsiráf és Csiita hogyan nyargal.
Zsiráf hosszú mellső lábai előre lendültek, Csiita pedig jobbra
és balra csapkodott a farkával, hogy egyensúlyát megtartsa.

So he hid and watched as Giraffe and Cheetah galloped by.
Giraffe's long legs flew out in front and Cheetah lashed
his tail from side to side to keep his balance.

Ezt Vizilónak is ki kellett próbálnia.
Nem volt könnyű.

Then Hippopotamus tried to do the same.
It wasn't easy.

Viziló hatalmas puffanással orrabukott.
Sok időbe fog telni mire lépést tud
tartani Csiitával.

Hippopotamus fell down with a CRASH!
It would be a long time before he could
keep up with Cheetah.

Zsiráfnak viszont sikerült –
legalábbis majdnem.

Giraffe could – very
nearly, anyway.

„Szeretnéd hallani az új viccemet, Zsiráf?"– kérdezte a gepárd.

„Tessék?"– kérdezte Zsiráf. „Nem hallak innen fentről."

„Mire jó az a barát, aki nem akarja meghallgatni a vicceimet?"
– gondolta Csiita duzzogva.

"Would you like to hear my new joke, Giraffe?" Cheetah asked.
"Pardon?" said Giraffe. "I can't hear you from up here."
"What's the good of a friend who doesn't even listen
to your jokes?" thought Cheetah crossly.

Így Csiita inkább Hiénával kötött barátságot.
Erre Viziló nagyon elkeseredett.
Csak egy dolog tudja jobb kedvre deríteni.

And he made friends with Hyena instead.
When Hippopotamus saw this, he felt hot and bothered.
There was only one thing that would make him feel better.

Egy hosszan tartó, mély, sáros dagonya.
Viziló nagyon szeretett dagonyázni. Minél mélyebb, minél sárosabb annál jobb.
Már nagyon régen nem dagonyázott mert Csiita azt mondta, hogy az piszkos.

A good, long, deep, muddy wallow.
Hippopotamus loved wallowing. The deeper, the muddier, the more
he enjoyed it. But he hadn't had a wallow for a long time, because
Cheetah said it was dirty.

„Most azt tehetek, amit akarok." – gondolta Viziló.
Azzal belevetette magát a folyószéli mocsarasba. – LOCCS!
Csodálatosan jó érzés volt.

"Well," thought Hippopotamus, "I can do what I like."
And he dived into the river – SPLOOSH!
It felt wonderful.

Ahogy nyakig elmerülten feküdt a sárban arra gondolt, hogy milyen bután is viselkedett. Hiszen lehet, hogy nem tud sebesen futni, viszont dagonyázni jól tud. Bár nagyon sajnálta, hogy elveszített egy barátot tudta, hogy semmiképpen sem tud lépést tartani Csiitával, a fürge gepárddal.

As he lay there, he thought how silly he'd been. He couldn't run fast, but he could wallow. And although he was sad to lose a friend, he knew that he would never be able to keep up with Cheetah.

Hiénának viszont sikerült – legalábbis majdnem. Csiita nagyon örült.
„Kop, kop" – mondta Csiita.
„Ha-ha-hi-hi-hi" – vigyorgott Hiéna.

Hyena could – very nearly, anyway. Cheetah was very pleased.
"Knock knock," said Cheetah.
"Ha-hee-he-heeee!" said Hyena.

„Azt kell mondanod hogy 'Ki kopog?' " – vágott közbe Csiita, értetlenül.
„Miért meséljem el a legújabb viccemet ha már a vége előtt elkezdesz kacagni!"
„Ha-ha-hi-hi-ha-ha-ha" – visítozta Hiéna.

"You're supposed to say, 'Who's there?' " snapped Cheetah. "What's the point of telling
my new joke, if you laugh before I get to the funny bit?"
"HAH-EH-HEH-HEE-HEE!" screamed Hyena.

Ekkor Csiita rádöbbent, hogy neki egy másfajta barátra van szüksége. Egyedül is tud futni, de a viccmeséléshez kell valaki, aki meghallgatja – és csak a végén kezd el nevetni. Vajon hol talál most egy ilyen barátot?

Then Cheetah realised that what he really needed was a different sort of friend. He could run by himself, but telling jokes was only fun if someone listened – and only laughed at the funny bits. Where could he find a friend like that?

De hiszen neki már van ilyen barátja! Csiita a nagy árnyas fához futott, de Viziló nem volt ott. Ahogy lassan elbandukolt, szomorúan gondolt arra, hogy milyen buta is volt, hogy egy ilyen remek barátot elveszített.

He already had one! Cheetah ran to the shady tree but Hippopotamus wasn't there. As Cheetah walked slowly away, he thought how silly he had been to lose such a good friend.

Hirtelen két szemet pillantott meg,
amelyek őt nézték a sárból.

Suddenly he saw a pair of eyes
watching him from the river.

„Kop, kop" – mondta Csiita, a gepárd.

„Ki kopog?" – kérdezte Viziló.

„Csi-hi-hi-ta" – mondta Csiita.

Viziló pedig felnevett és csak nevetett
és nevetett.

"Knock knock," said Cheetah.

"Who's there?" said Hippopotamus.

"H-eetah, of course!" said Cheetah.

And Hippopotamus laughed
and laughed.